MENTANA E IL DITO DI DIO

ETTORE POZZI

© 2023 Culturea Editions

Texte et illustration de couverture : © domaine public
Edition : Culturea (Hérault, 34)
Contact : infos@culturea.fr
Retrouvez notre catalogue sur http://culturea.fr
Imprimé en Allemagne par Books on Demand
Design typographique : Derek Murphy
Layout : Reedsy (https://reedsy.com/)

Dépôt légal : janvier 2023
Tous droits réservés pour tous pays

ISBN : 9791041845750

Il libro è piccolo di mole, ma grande per le memorie che suscita, per le simpatie che inspira, pei ricordi che evoca. Alla narrazione appassionata di Ernesto Pozzi, l'arte ha voluto aggiungere, colla patriottica matita di Sebastiano De Albertis, l'Orazio Vernet della nuova Italia, una nota calda e generosa. La penna, il pennello e la spada si sono stretti in un abbraccio ineffabile. Il volontario di Milazzo, di Mentana e di Digione ha scritto. Il soldato delle Cinque Giornate, della campagna 1848, di Varese, S. Fermo, 1859, e di Bezzecca nel 1866, ha disegnato. Due generazioni si sono alleate per questo volumetto, che a noi, sul tramonto, rammenta un'ora entusiastica della giovinezza perduta, e che ai venturi, pei quali la storia d'Italia sarà un culto, insegnerà quanta virtù di cuore e di braccio animò e condusse i maggiori alle battaglie di popolo.

Bisogna risalire a quei dì. I «calcoli» di Napoleone III davan legge all'Europa. Il mondo politico si curvava tremante ed adorante innanzi all'uretra imperiale. Il bollettino del sommo clinico Nelaton, medico dell'imperatore, regolava il corso delle faccende di quaggiù.

Ma Garibaldi non era un uomo di quaggiù. Bello e sublime arcangelo della rivoluzione, il soldato dei Due Mondi, aveva, nel deserto delle speranze d'Italia asservita al secondo impero, elevato il grido di Roma o morte! E tutto un popolo dietro lui si mise: e dalla gioventù universitaria, dalle officine, dai campi, dal commercio, dalle schiere volontarie del 1860 e del 1866 proruppe, eco formidabile, il plebiscito degli italiani, che gli si stringevano intorno, anelanti a consacrare nella eterna Roma il nuovo patto della patria una e redenta.

Invano la diplomazia tentò sbarrare la via alla crociata garibaldina. Invano il Governo, esitante, incerto, pauroso, s'argomentò di frenare tanto impeto. Invano Rattazzi, sulle prime trascinato nel movimento, procurò poi resistere, sicchè, travolto da quella audacia portentosa, dovette ritirarsi. Invano la reazione, capitanata dal nuovo ministero Menabrea, ubbidì al cenno delle Tuileries con dichiarare fuori della legge i combattenti nell'Agro romano. Invano allo jamais di Rouher rispose la fratricida frase di Failly: «les chassepôts ont fait merveilles». Invano l'augusta parola dell'eletto dai plebisciti fu provocata dalla reazione per demolire l'impresa. Invano l'ultra-montanismo francese mandò i battaglioni di Magenta e di Solferino a rinforzare i reggimenti pontificii. Invano stettero mille contro dieci. Invano, deserti d'ogni ausilio, i volontarii furono schiacciati e costretti a rifare in ritirata la strada maledetta di Passo Corese.

L'affermazione del diritto nazionale non è soppressa dalle catastrofi.

La coscienza d'un popolo non è menomata dalle disfatte. Succede per

essa ciò che successe al mitologico Anteo, soffocato dalle braccia di

Ercole. Toccando il suolo riprende virtù e gagliardìa rinnovate.

Così fu, così è di Montana. Quel sacrificio ritemprò le fibre rilassate. Quel sangue fece rigermogliare il simbolico albero della speranza. Quell'olocausto—disse Giuseppe Ferrari—fu una necessità storica. Ma una necessità feconda. Infatti il cannone che nel 1870 aprì la breccia fra Porta Salara e Porta Pia, era stato tre anni prima caricato sui tragici colli dell'antica Nomento dalla mano dei martiri nostri.

Oggi, qui, di Mentana ci riparla il volontario di quel dì: Ernesto Pozzi: nome caro alla giovane democrazia dei tempi nostri, quando c'erano ancora dei giovani pel quali la fede nella nuova Italia era segnacolo in vessillo. Il buono e bravo Ernesto Pozzi, oggi avvocato grigio e posato, ma allora florido, fresco, instancabile, insurrezionale perpetuo dell'università; e che col suo fare da inspirato e la sua testa fatale, tra l'una e l'altra lezione di diritto, se ne andava col bastoncino fra mani ed un eterno flore nel nastrino del cappello ad inscriversi fra i partenti, appena odor lontano di polvere garibaldina sentivasi per l'aria.

Ernesto Pozzi è tutto quel che di più brianzuolo ci sia e ci tenga ad esserlo. Nato ad Acquate il 9 luglio 1843—il paesello del favoleggiato Don Abbondio negli ammirabili Promessi Sposi—era spiegabile che i suoi volessero farne fuori un successore al tremebondo curato manzoniano. Però fra le mura del seminario di S. Pietro in Barlassina il piccolo Ernesto non trovò la vocazione pel santuario; sicchè, compiutivi i primi studii, spogliò la veste talare e le brache corte, ed il liceo Beccaria di Milano ebbelo fra i suoi più vivaci e più svegliati scolari. Ma nel 1860 c'era ben altro da fare che studiare filosofia. Ed Ernesto mise sotto chiave i sillogismi e se ne andò in Sicilia colla seconda spedizione, che ebbe nome dal generale Medici. L'età immatura avevalo fatto respingere dai ruoli dei Mille. Ritornato, dopo la campagna, riprese gli studî interrotti, e nomade cultor delle Pandette, seguì i corsi legali a Torino, a Genova, a Pisa, dove si laureò. Su pei greppi del Trentino, nel 1866, a Mentana nel

1867—imperando il reazionario gabinetto Menabrea—fu, per le sue idee politiche molto accese, messo, con altri patrioti, all'ombra, nelle carceri genovesi. Ne uscì, dopo un'ordinanza di non luogo a procedere, tre mesi appresso: e più tardi, le peripezie di quel processo e di quella prigionia, egli descrisse nella sua: Estate in Sant'Andrea. Nell'ottobre del 1870 partecipò alla campagna di Francia come capitano; e dopo la battaglia di Pranthoy fu promosso al grado di capo squadrone di stato maggiore.

Ora Ernesto Pozzi vive a Lecco. Da undici anni è consigliere provinciale a Como; nelle elezioni politiche fu quattro volte candidato radicale con migliaia di voti nel suo collegio; e se non lo si elesse, si fu pei suoi principî schiettamente repubblicani.

Ecco le principali sue pubblicazioni: Storia e letteratura, con altri scritti; I martiri del 1866 e il maggiore Lombardi; Una corsa per l'Europa; La contessa e il banchiere; Un'estate in Sant'Andrea; Biografie e paesaggi; La libertà combattuta; Scaramuccie; Mentana e il dito di Dio, ecc., ecc.

Su queste opere del ferace ingegno di Ernesto Pozzi, la Bio-Bibliografia generale italiana del prof. Paolo Zincada, pubblicata l'anno scorso, raccoglie alcuni giudizi della critica. Per esempio: la Storia e letteratura fu da Giulio Uberti, il poeta civile, giudicata con somma lode; sulla Contessa e il banchiere e sull'Estate in Sant'Andrea, Francesco Domenico Guerrazzi scrisse all'autore lettere lusinghiere, e le Biografie e paesaggi e la Corsa per l'Europa riscossero gli elogi di Luigi Settembrini. La Libertà combattuta ebbe la fortuna di quattro edizioni, e alle Scaramuccie stese la prefazione Filippo Turati.

Inoltre Antonio Ghislanzoni, il solitario di Caprino Bergamasco, nel terzo volume de' suoi bellissimi Capricci—dedicato al Pozzi—riproduce, rettifica e completa il cenno biografico del Dizionario contemporaneo di A. De Gubernatis. E senza parlare dello splendido epistolario di scrittori e di patrioti illustri, gelosamente custodito da Ernesto Pozzi, già redattore dell'Unità Italiana, in tempi grossi, quando un tratto di penna democraticamente libera conduceva dritto dritto nella solitudine del carcere politico.

Ecco chi è l'avvocato Ernesto Pozzi, che dà qui alle stampe la seconda edizione del suo Mentana. Edizione aumentata e corretta, e per la quale l'antico Goliardo garibaldino afferma un'altra volta la immutabilità della sua fede e della sua scuola: la prima popolarizzata dall'indelebile carattere mazziniano: la seconda inspirata alle più incrollabili convinzioni del bello, forte e gentile classicismo nostrano.

Leggete, leggete, o giovani, questi appunti scritti fra un colpo e l'altro di fucile. È roba di casa, roba del nostro tempo ed italianamente sentita, pensata e scritta. Assorgete, o giovani, con essa e per essa, agli ideali altissimi della patria e dell'umanità—nè vi sia grave questo prologo breve che l'amicizia lunga ed antica ha inspirato, ma che la più patente verità delle cose giustifica e consacra.

Milano, 18 ottobre 1888.

F. GIARELLI.

Monumento in piazza Mentana a Milano.

Come stavano le cose.

La breve escursione militare del 1867 nell'Agro romano colle varie scaramuccie, l'assalto e la presa di un castello, un'ecatombe di eroi ed una sanguinosa battaglia campale merita posto tra i più belli e brillanti fatti d'armi dei volontari campioni della Unità d'Italia.

L'attacco contro gli ultimi possessi temporali del papa, ridotti per gran parte a palude, s'iniziò su parecchi punti per sgomentare il governo pontificio e sparpagliandone le forze verso i confini rendere possibile l'insurrezione in Roma, entro la quale, con permanente pericolo della testa, stavano per inspirarla e poscia capitanarla Luigi Castellazzo, il poeta di Tito Vezio, Francesco Cucchi e Giuseppe Guerzoni, che con Alberto e Jessie Mario fu poi lo storico dì Garibaldi.

Questi, Deus ex machina, doveva raccogliere il più grosso nerbo di truppe, accorrere in decisivo aiuto della rivolta e restituire il cuore alla patria colla grande città di Camillo e di Scipione.

Allora in Italia, omettendo gli austriacanti e i cortigiani o masnadieri dei principi decaduti, esistevano due partiti: il moderato e quello d'azione. Il primo come il leone della favola reclamava le prede e accettava gli utili fatti compiuti colla scusa del proverbio fiorentino, che cosa fatta capo ha; riveriva come tutore e patrono Napoleone III che ingannava e tradiva gli Italiani al pari dei Polacchi, e d'accordo coi neo-guelfi aveva colla cruenta convenzione del 15 settembre 1864 implicitamente rinunciato alla nostra capitale.

Il partito d'azione o dei frementi, audace e circondato di prestigio per le splendide glorie e le memorabili sciagure del 1833, del 1844, del 1848, del 1849, del 1853, del 1857, del 1859, del 1860, del 1862, del 1864 e del 1866, voleva ad ogni costo l'Italia riacquistata da valore italiano, detestava il sire usurpatore del Due Dicembre e contro ogni costui trama e prepotenza imponeva e tentava la liberazione dei sette colli, da dove soltanto riteneva potersi parlare all'Italia intiera.

E la lotta dei due partiti non era mica platonica, accademica o di semplici opinioni tranquillamente manifestate. Napoleone nel 1862 ordinava alla sua flotta nel Mediterraneo di colare a fondo Garibaldi se lo incontrava in mare; in Parlamento i trentatrè della sinistra storica con Crispi, Guerrazzi, Brofferio, Cairoli, Bertani, Nicotera, Macchi pugnavano gladiatoriamente colle valanghe di destra e centro; Bertani rimaneva impassibile come Ajace a sfida contro ministri e maggioranza, accusati di violazione del segreto delle lettere, che spaventosamente gli urlavano in faccia; Garibaldi veniva pigliato a fucilate, ferito e rinchiuso nel bagno penale del Varignano; si teneva ferma la condanna di esilio e di morte sul capo di Mazzini o si tentava troncargli i nervi con corrispondenze ed abboccamenti col re; perquisizioni, arresti, prigione, sequestri, processi, calunnie erano le armi dei moderati contro i prodi che nutrivano e riscaldavano il sentimento italiano.

La vecchia e deperita Italia coi suoi vizi, le sue mollezze, la sua educazione gesuitica e da confessionale e le sue abbiette tradizioni di servitù, si dibatteva con tutti gli agevoli istromenti del potere contro il fuoco, l'entusiasmo e la santa vigorosa ribellione della giovane Italia. E storia la è codesta e certi fanciulloni, che s'ammantano di pretesa serenità imparziale perchè codardamente stettero estranei a quelle lotte, sono degni del limbo e di un indulgente sorriso di commiserazione.

Il partito rivoluzionario si agitava quale vulcano in eruzione e distruggeva tutti gli ostacoli come lava che spazza via selve, vigneti e messi finchè non si trovi al fondo. Società, comitati, comizi, stampa battagliera, voce alta e senza paura, apparecchi d'armi, tentativi, insistenza per Roma metropoli erano la sua forza e la sua organizzazione.

Egli non poteva dimenticare la spedizione d'Oudinot a Roma, la subdola pace di Villafranca, il mercato di Nizza e Savoja coi sessanta milioni e i dispari trattati commerciali per giunta, le trame per Murat a Napoli, e per un principe napoleonico in Toscana, le fregate francesi allo stretto di Messina nel 1860, la continua prevalenza e le minacce galliche nei nostri negozi, la démonstration sanglante di Custoza nel 1866, la cessione di Venezia col marchio infamante di Lebeuf, la revocata conquista del Trentino e la spavalda occupazione di Roma. Minghetti e Visconti Venosta, che avevano stipulato la vergognosa convenzione di rinuncia a Roma, e Ricasoli, che vi mandava Tonello per trattative col papa al quale si pagavano gli interessi del debito pontificio, cadevano sotto la pubblica indignazione e la reggia doveva ricorrere al suo parafulmine affidando il governo a Rattazzi.

I Francesi avevano sgombrato Roma l'11 dicembre 1866 e tosto Comitato nazionale romano, emigrati romani, Unione liberale italiana e Centro di insurrezione, governato quest'ultimo dal colonnello Giacinto Bruzzesi, cominciarono la propaganda per l'acquisto della nuova Gerusalemme. Garibaldi verso la metà dei febbraio 1867 era piombato d'improvviso come aquila sul continente e il 22 marzo da S. Fiorano annunciava al mondo, che era superbo di riprendere il titolo e l'ufficio di generale romano, e poscia raccomandava l'Obolo della Libertà in chiara antitesi all'Obolo di San Pietro.

Nel giugno si tentava un'invasione nel territorio pontificio dalla parte di Terni, e nel luglio Garibaldi proclamava: «E chi negherà ai Romani il diritto di insorgere? Agli Italiani il dovere di aiutarli? Vi è forse una tirannide più degradante di quella del papato, messo lì nel core della penisola per impedirle di costituirsi; per seminarla di briganti; per raccogliere nel suo seno tutto quanto l'oscurantismo mondiale; per mantenere tra questo povero popolo la miseria, l'ignoranza e la discordia? Missione degna del Bonaparte, protettore di tutte le tirannidi, fu quella di volere eternare quella di Roma coll'esecranda Convenzione di settembre.»

Rattazzi, legislatore anticlericale ma uomo politico da burla, il 21 settembre annunziava che seguiva con diligenza grande l'agitazione che col nome glorioso di Roma tentava spingere il paese a violare i patti internazionali e soggiungeva: «In uno Stato libero nessun cittadino può farsi superiore alla legge e mettere sè stesso in luogo dei grandi poteri della nazione e di suo arbitrio disturbare l'Italia nella dura opera del suo ordinamento e trascinarla in mezzo alle più gravi complicazioni.»

Garibaldi per tutta risposta s'era recato a Sinalunga sul confine romano e Rattazzi ve lo faceva arrestare e tradurre alla fortezza di Alessandria. Lungo il viaggio, a Pistoja, Garibaldi consegnava a Del Vecchio, da pubblicare, questa lettera:

«I Romani hanno il diritto degli schiavi: insorgere contro i loro tiranni, i preti. Gli Italiani hanno il dovere di aiutarli, e spero lo faranno a dispetto della prigionia di cinquanta Garibaldi. Avanti dunque nelle vostre belle risoluzioni, Romani ed Italiani. Il mondo intero vi guarda, e voi, compiuta l'opera, marcerete colla fronte alta e direte alle Nazioni: Noi vi abbiamo sbarazzata la via della fratellanza umana dal più abbominevole suo nemico, il Papato.»

Così grandi furono le ire e i tumulti per tale arresto, così imponenti le ovazioni del popolo e dello stesso esercito, che il governo temette un pronunciamento e si affrettò a ricondurre l'eroe in Caprera, che fu circondata da navi di guerra per vietargliene l'uscita. E si giunse al punto da sparar cannonate e carabinate contro il generale, impaziente di evadere da quella nuova carcere; ma egli mandava proclami agli Italiani, tempestava e fulminava, finchè un bel giorno, dopo miracolosa evasione procuratagli dal genero Canzio e con denaro di Lemmi, comparve in Firenze e veruno ebbe il coraggio di toccarlo.

L'entusiasmo popolare era irresistibile e il governo ne fu soggiogato.

Acerbi era penetrato in Viterbo, Nicotera si presentava verso Frosinone e Velletri, Pianciani marciava su Tivoli, si combatteva a Nerola, a Montelibretti, a Bagnorea ed a Firenze costituivasi il Comitato centrale di soccorso.

Circa sei giorni prima del suo arresto a Sinalunga, Garibaldi trasmetteva ai capi dello colonne queste istruzioni, l'originale autografo delle quali è posseduto da Francesco Tolazzi:

1.° Punto di concentrazione delle colonne invadenti il territorio Romano a Viterbo.

2.° Si raccomanda ad ogni comandante di Colonna di non impegnare combattimenti colle truppe pontificie—se non checon molta probabilità di riuscita.—Ed ove le forze nemiche sieno superiori—manovrare in modo da concentrarsi su Viterbo ove si troverà probabilmente la Colonna principale.

3.° Ove un comandante di Colonna si trovasse nella assoluta necessità di combattere—egli deve ricordarsi e ricordare ai suoi che il mondo intiero ha gli occhi su di noi—e che sa che noi siamo assuefatti a vincere.

4.° A qualunque costo i comandanti delle Colonne non devono impegnarsi in combattimenti colle truppe dell'Esercito Italiano.

5.° Scopo del movimento: è di rovesciare il Governo dei preti—proclamare Roma Capitale d'Italia—e lasciare il popolo Romano in piena libertà sulle proprie condizioni di Plebiscito.

6.° Credo superfluo il raccomandare molto un lodevole contegno verso le popolazioni—I militi della libertà nostri fratelli d'armi—sono assuefatti a trattare il popolo da fratelli e giammai vi fu esempio—che si macchiassero di brutture.

7.º Sì darà alle Colonne l'organizzazione ch'ebbero in tutti i tempi i corpi volontari—acciocchè esse si presentino al paese—ispirandovi la fiducia e la paura ai nemici d'Italia.

E vi aggiungeva questa Appendice alle Istruzioni:

1.º I comandanti delle Colonne hanno il diritto d'impossessarsi d'ogni cosa appartenente alle Autorità nemiche a profitto della rivoluzione.

2.º Abbisognando di viveri od altro ne faranno richiesta alle Autorità Municipali locali—rilasciando loro idonee ricevute.

3.º Una Colonna che si trovi nell'impossibilità di concentrarsi alla Colonna principale—manovrerà di modo da non combattere con svantaggio—inquieterà il nemico quanto possibile—e procurerà frattanto di mettersi in comunicazione col quartiere generale.

4.º In questa impresa gli Italiani, devono ben penetrarsi d'aver su di loro gli occhi del mondo intiero—e che quindi il nome Italiano deve uscirne bello, radiante di gloria—e salutato con entusiasmo e rispetto da tutte le Nazioni.

5.º Fra le eventualità possibili vi è quella d'esser io arrestato.—In qual caso il movimento deve continuare colla stessa impavidezza come se fossi libero.—E deve pur continuare anche che arrestassero la maggior parte dei capi.

6.º In caso non riuscisse una Colonna nell'intento—le altre devono continuare il moto come se nulla fosse successo.

Rattazzi trascinato dalla corrente non era, più tardi, alieno dall'inviar le truppe italiane su Roma, ma un veto superiore ne lo trattenne e giunse voce d'un nuovo intervento francese a Roma, finchè egli nella sua stridula fiacchezza cedette il posto al reazionario Menabrea.

Napoleone allo scoppio dei tumulti in Roma e della insurrezione nell'agro circostante, offeso nell'orgoglio al pari d'un ragazzo pervicace e atteggiandosi a pedagogo, armato di ferula, minacciò di bombardar Genova e Napoli e occupar Firenze, come se queste città e gli Italiani fossero di pasta frolla e da Tolone allestì la partenza di suoi soldati per Civitavecchia.

A Firenze il governo era in sconquasso e Giorgio Pallavicino, Crispi, Cairoli, Miceli, De Boni, componenti il Comitato centrale di soccorso, dominavano quasi arbitri la posizione nell'orgasmo nazionale, Cialdini invano cercava calmar Garibaldi in un segreto colloquio con lui in casa Lemmi e non riusciva a raccozzare un ministero.

E' vi furono del momenti in Italia, in cui, come dopo Custoza nel 1860 e poco prima di Mentana, un Cromwell avrebbe potato arditamente afferrarne le redini e guidarla forse a più splendidi destini. Ma il patriottismo sincero sovrastava a tutto nell'animo dei capi rivoluzionari e la paura di guerra civile si trasfondeva nel solenne ed epico obbedisco di Garibaldi.

Fatto sta però che la vecchia bandiera del 1860 non sventolava per l'Agro romano e il tentativo del maggior Ghirelli con Franco Mistrali di innalzarvela da Orvieto e da Orte fu soffocato nel biasimo generale. A Roma si doveva decidere codesta questione allora secondaria e giacchè il solo popolo vi lasciava sulla via sangue e cadaveri, niuno poteva osar prima di risolverla.

Il Comitato centrale di soccorso sedeva in Firenze in una vasta ed ampia sala presso l'Arno tappezzata in rosso amaranto e sguernita d'ogni arredo, tranne un tavolo coperto da tappeto verde. Là si trovava assiduo Giorgio Pallavicino co' suoi occhioni di vivezza ancor giovanile, che brillavano per la gioia di grandi eventi. Quel vecchio superstite del 1821 sembrava una robusta quercia solitaria tra i venti e la frugna delle montagne e rappresentava quella aristocrazia generosa d'Italia che, sacrificando fortuna e tutti gli agi della vita, resistette ognora impavida allo straniero e alla schiavitù e sentiva l'orgoglio personale e la dignità di liberi cittadini. Gli era sempre devota al fianco la risoluta e simpatica sua signora, che ricordava i nobili sacrifici e gli amori dello Spielberg e pareva eccitare quel sereno vegliardo ad ogni nuovo e più ardito rischio. Egli ed ella accoglievano noi giovani come figli, c'informavano delle ultime notizie e ci battevano seriamente la mano sulla spalla come a cui ripromette un bene insperato.

Crispi, fibra d'acciaio ed avvezzo ai più strani pericoli ed a pensate audacie, era focoso e in un tranquillo al pari del suo Mongibello coperto di neve, dava ordini secchi e tra l'un comando e l'altro si stringeva a consulto con Cairoli.

Cairoli, prototipo del patriottismo senza secondi pensieri, aveva i sopraviventi fratelli nell'Agro romano, era come di consueto dolce, affabile, pieno d'energia come un geniale guerriero da poema e blandamente altiero che la sua famiglia non fosse seconda nella partita d'onore coraggiosamente impegnata. Egli zoppicava per la gloriosa ferita alla gamba e toccava a noi giovani aiutarne i passi dalla sala o dal parlamento all'albergo. Il valoroso pavese ringraziava col suo sorriso da fanciulla e colla sua franca voce di pieno petto a contrasto stentorea.

Quale doveva essere la felicità di Filippo De Boni, che aveva descritto gli orrori della santa Inquisizione e gli scandali della Corte pontificia e sospirava vicina la catastrofe del triregno e del vincastro cattolico?

Il calabrese Miceli alla vista dei volontari non poteva temere che la bandiera d'Italia venisse da essi trascinata nel fango.

E i nostri posteri non potranno lamentarsi che la vecchia e la nuova generazione dal 1848 al 1871 non abbiano loro rimessi in eredità argomenti di balda poesia e di cavallereschi romanzi e scene degne di novella e di canto. [Blank Page]

Oltre il confine sacro.

Terni, la patria di Tacito, meritava di essere il centro e il ricapito dei militi, che s'avviavano al confine per far cessare le vergogne romane. Colà pareva che l'ombra del fiero storico ne aleggiasse sopra le teste e ne inspirasse magnanimi propositi contro il covo di vipere alimentate dalla malaria e dalle febbri palustri della campagna romana.

Quella piccola e di solito deserta città a bastioni formicolava d'armi e d'armati; i vecchi compagni s'incontravano e baciavano per via abituati alle danze della morte, e quasi comica era la confusione tra noi per risapere se di fronte ai nostri preparativi palesi e nascosti l'esautorato governo d'Italia li acconsentisse od osteggiasse. Noi eravamo abbastanza indifferenti alle sue intenzioni e da veri artisti, mentre si formavano le varie colonne, trovavamo tempo di dare una capata alla famosa ferriera e di salire a cavallo dei somarelli ad ammirare dall'una e dall'altra parte, coi versi di Byron, la celebre cascata delle Marmore.

Colla legione capitanata da Missori il gentile e composta di pochi noi lombardi e di romagnoli, partimmo a piedi da Terni per Passo Corese. Tutti eravamo in borghese, meno qualche rara camicia rossa, e giunti a Cantalupo in una giornata di gran sole, vi trovammo un drappello di cavalleria regolare, che ci avvertì essere scaglionato a Corese un reggimento di granatieri per vietarci il valico di confine. Si fecero i fasci d'armi in un campo fuori del villaggio e poi si ritirarono tutti i fucili e le munizioni, con incarico a chi scrive di procacciarne i mezzi di trasporto fin dentro il confine. A notte Missori partì colla colonna inerme e uno stesso garbatissimo ufficiale di cavalleria mi provvide al buio i carri pel trasporto della merce di contrabbando.

Il mattino arrivavo lemme lemme e come un carrettiere, con sottile scorta a Passo Corese e alla vista dei granatieri lungo la ferrovia e di due sentinelle impassibili a ciascun lato dell'angusto ponte di barriera, era il caso di non saper che pesci pigliare.

—Mò si fa la frittata!—dissi fra me.

Gli schioppi e le munizioni erano celati da coperte, e uomini e bestie si tirava innanzi adagio come stracchi da lunga marcia, ma senz'aria di frodo e facendo lo gnorri per non pagar dazio.

D'un tratto adocchiai la svelta figura di Missori, che vigile mi venne incontro e mi passò a fianco susurrandomi di continuare la strada come se nulla fosse. Quindi egli ritornò verso il ponte e s'imbattè nel gigantesco Caravà, colonnello del settimo reggimento di granatieri a guardia del confine, e riconosciutolo tosto per amico, gli strinse la mano, aprendo una animata e festevole conversazione con lui. Il colonnello ci volgeva le spalle quadrate e in un attimo noi e i carri sgusciammo sul patrimonio di San Pietro.

Eravamo sul territorio del papa e ci pareva di essere al sicuro, salvo il buon fine, come di una cambiale in pericolo.

Per quell'istante la fu una gioia sincera e ci saremmo abbracciati tutti. Dinanzi a noi si stendeva la vasta pianura lungo il Tevere, ogni colle ci sembrava uno dei sette, le legioni romane e le migliaia di eserciti barbari ci si muovevano solenni davanti, tutta la storia di Roma lampeggiava nella fantasia, e fra tanto spettacolo venivamo anche noi a recitare la nostra drammatica parte.

Coloro che viaggiano tranquilli in un treno ferroviario verso Roma, non proveranno di certo mai le nostre emozioni e non sussulteranno ai nostri mesti e forti ricordi.

Missori abbandonò ben tosto il prode colonnello dei favorevoli

granatieri e ci raggiunse per metterci in marcia per Monterotondo.

Sul campo della gloria.

Si sentiva l'odor di polvere e di corto si presentarono gli alti guai ed i furori della guerra.

Il 23 ottobre, mentre Enrico e Giovanni Cairoli, Mantovani, Isacco, i fratelli Rosa, Stragliati ed altri sessantrè emuli dei trecento di Leonida navigavano alle porte di

Roma per aiutarvi la sperata rivoluzione interna e sorpresi combattevano colla morte al fianco sotto il mandorlo e per la vigna di Villa Glori sui monti Parioli, Garibaldi compariva a Passo Corese e il 26 con rapidità fulminea debellava la guarnigione di Monterotondo e s'impossessava di quell'importante castello.

Da Passo Correse spediva al colonnello Francesco Tolazzi, capo allo stato maggiore della colonna Acerbi in Viterbo, questi telegrammi:

«Stabilite il Governo Nazionale e fate quanto occorre—qui tutto va bene.»

«Dite ai Viterbesi ch'essi furono con me il 49 e che li ricordo.»

Dopo alquanto cammino arrivammo alla stazione ferroviaria ai piedi della collina, in vetta alla quale sorge Monterotondo, e di presente corse voce di un orrendo misfatto compiutosi in quella piccola casa.

Sei feriti nostri erano stati per breve sosta ricoverati in quella abitazione solitaria, per venir poscia trasferiti all'ospedale, quando con ferocia di jene sopraggiunse una compagnia di zuavi papalini. I poveri feriti nel loro stato d'impotenza dichiararono di costituirsi prigionieri e il vigliacco capitano degli zuavi rispose loro a suon di rivoltella. Due garibaldini rimasero uccisi e i loro corpi squartati, e gli altri tre furono forzati confessarsi ad un prete, che accompagnava quegli assassini, e poi da costoro traforati a colpi di baionetta, sì che due n'ebbero diciassette ferite ciascuno e il terzo trentadue. Il sesto per fortuna era stato poco stante trasportato all'ospedale militare di Passo Corese.

Avviliti per l'umanità al racconto dell'atroce infamia e meditando l'urgenza di abbattere la tirannide sacerdotale, salimmo cupamente la rampa di Monterotondo tra i vigneti, che ne popolano tranquilli e inconscii la costiera.

Il sole mandava sanguigno e beffardo gli ultimi raggi sulle miserie della terra, quando premevamo il piazzale, che si stende davanti la porta S. Rocco della cittadella.

—Contro quella porta si collocarono cataste di legna e Garibaldi in persona andò sotto la fitta grandine di palle saettate dalle mura a cospargerle di ragia e ad appiccarvi il fuoco.

—Poco prima dell'assalto finale, Garibaldi fu dagli amici pregato di ricoverarsi un istante nel convento di Santa Maria per riposarsi e sedersi all'asciutto, e fu condotto in un confessionale, unico sedile, ove stette alcuni minuti per balzarne tosto e gridare: avanti! I preti avevan davvero trovato il loro superbo confessore!

—Il colonnello Eugenio Valzania con Vincenzo Caldesi fu l'eroe della battaglia di Monterotondo, e vicino a lui cadde ferito l'intrepido Antonio Mosto, che giace costà in una camera del convento di Santa Maria.

—Garibaldi si è già avviato verso i dintorni di Roma, leone che fiuta la battaglia di dentro.

—Il nostro Paolo Carcano, infermo, febbricitante da non reggersi in piedi, volle a tutti i costi esser portato a combattere sulle braccia di Rinaldo Arconati, Pedroni da Mendrisio e Pavanini da Padova, che in quella guisa lo trasportarono qua fin sotto le mura di Monterotondo, proprio al principiare del fuoco, nel qual punto Leone Beltramini di Val Cuvia si buscava quattro ferite, due a ciascuna delle coscie.

—Udite coteste altre—soggiungeva con entusiasmo di patriotta e di amico il giovine Federico Della Chiesa, varesino puro sangue.—Da dentro Monterotondo la moschetteria si fa in breve spessissima. Stallo piglia una scala, l'appoggia alle mura della città, e comincia a salire. A un punto è fatto bersaglio da quanti tiratori si trovano nel palazzo Piombino. Egli, giunto quasi al sommo, si gira sulla persona, siede su di un piuolo, indi colla massima pacatezza del mondo introduce gli indici nella bocca e rivolto verso il castello dà fuori in una solenne fischiata. La fu una bravata accolta da noi dietro le barricate con una salva d'applausi. Rinaldo Arconati, gli ingegneri Gorgo e Bernasconi, con ingenuità da eroi, vanno a tentare una porticina delle mura se la vuol cedere sotto il loro urto. Un turbine di schioppettate li accoglie. Ebbene: essi, temendo di venir colpiti nella schiena, si danno la mano, e volgendo il petto verso il castello come nel ballo dei lancieri, lentamente tornano fin sotto la barricata a ritroso. L'Arconati di Cantù riceve una schioppettata che gli buca il cappello a cencio, lasciandogli nell'ispida capigliatura un solco diritto come fatto dal parrucchiere.

Infinite le domande e le risposte, e non si smentiva la tradizionale vivacità e allegrezza dei campi garibaldini.

Stringemmo la valorosa destra al risoluto Valzania e dal loro letto Mosto e Uziel ci accolsero come forti in riposo e quasi religiosa era la quiete, che loro serbavano in giro i volontari, spensierati nel periglio e pietosamente generosi nella sciagura.

Al campo non poteva mancare il più caratteristico tipo garibaldino, la signora Jessie White Mario, infermiera, medichessa, diplomatica, corrispondente di fogli inglesi ed americani, soccorritrice con rischio di vita da una ad altra colonna, ambasciatrice fra gli eserciti, irrequieta e sempre britannicamente flemmatica, genio del bene e provvidenza di tutti.

Carbonelli comandava la piazza e aveva dato ordine che i militi del colonnello Missori non si lasciassero entrare in paese perchè dovevano immediatamente ripartire.

La notte era buia e senza luna, il firmamento, azzurro e calmo come i sogni d'una innamorata senza sospetti, brillava di stelle argentee, che pareva ne sorridessero amiche dal cielo; soffiava dalla Sabina un rovaio ghiacciato che tagliava la faccia, e messa la nostra colonna in rango, ridiscendemmo muti la ratta di Monterotondo e c'inoltrammo per la via Salaria verso Roma. Presso certi cascinali si fece alto, si staccarono gli avamposti e le sentinelle morte tra la strada e la sponda sinistra del Tevere, e qua là si accesero dei falò splendenti come fari per sorvegliare quanto ne accadesse nei dintorni e per impedire che le membra coperte dai leggieri abiti di autunno ci si intirizzissero pel freddo e per la umidità delle praterie morbide ed elastiche al par di pianura di torba.

Chi può ridire i pensieri di un giovane idolatra della storia di Roma e che ora, come una sua antica guardia, vi si sentiva accosto, stando pronto alla mischia sulle rive del grande e classico Tevere prima non mai veduto? Le emozioni di una simile notte non da molti poeti furono prelibate, e il silenzio solenne, l'oscurità vasta e il deflusso maestoso del fiume torbido e incalzante come i suoi eventi, innalzavano l'anima alla intelligenza delle più insigni gesta e delle più clamorose sciagure. Tristi coloro che vorrebbero banditi gli studii della romanità e del classicismo latino! Essi non rammentano che in Roma vive gran parte della nostra storia e che la recente difesa dal Gianicolo e da San Pancrazio contro quattro eserciti e i miracoli rivoluzionari della nostra indipendenza furono compiuti al suo nome e inspirati dagli antichi esempi.

La mattina all'alba proseguimmo il cammino e raggiungemmo Garibaldi a Castel Giubileo, che su per quei poggi a pochi chilometri da Roma scorreva agile come pardo e col binoccolo adocchiava intento la città eterna quasi volesse scrutarne le più recondite vie e ansioso di precipitarvisi dentro come falco ad ali librate in soccorso dei primi insorti. Ma Roma si era agitata il 22 ed il 24 ottobre, aveva distrutto un'ala della caserma Serristori, gittato bombe, assalito pattuglie, trucidati soldati e ufficiali, combattuto in casa Ajani, ed ora giaceva immota come una delle sue secolari tombe.

Gli eroici settanta capitanati da Enrico Cairoli non avevano neppur essi potuto penetrare entro quelle mura fatali e il giorno 23 rendevano indarno illustri a prezzo delle loro vite i vicinissimi monti Parioli.

Di quello splendido fatto scrisse superbe e patetiche memorie il povero Giovanni Cairoli, morto poi anch'egli in seguito alle ferite, e quel suo racconto, insieme alle auree Noterelle di uno dei Mille del poeta Cesare Abba, dovrebbe essere scuola di patriottismo a tutti ed insegnato dai nostri professori di letteratura alle novelle generazioni.

Garibaldi col generale Fabrizi, Alberto Mario, Egisto Bezzi, Stefano Canzio e un pugno dei suoi militi rimase invano dal 27 al 30 ottobre nei dintorni di Castel Giubileo e della Cascina di S. Colombo a spiarvi il cuore di Roma; il 30 si spinse anzi con somma audacia al Casale de' Pazzi rimpetto al Monte Sacro per eccitare a brevissima distanza dalla città la rivolta, e deluso ordinò la retromarcia per accentrare le sue forze in Monterotondo.

Ma intanto i governi e i loro satelliti non dormivano ed avvenivano cose gravi.

Il generale Menabrea era riuscito a raccapezzare un ministero reazionario della più pura acqua e il 27 ottobre, appunto il giorno dopo e quasi a dispetto della vittoria di Monterotondo, annunziando la formazione del suo ministero faceva pubblicare un memorabile proclama dal re con ordine a noi ribelli di porci prontamente dietro le linee delle nostre truppe.

Vittorio Emanuele fra altro vi confessava ingenuamente: «L'Europa sa che la bandiera innalzata nelle terre vicine alle nostre, sulla quale fu scritta la distruzione della suprema autorità spirituale del Capo della religione cattolica, non è la mia.»

Ma accadeva ben altro, ad offesa d'Italia e del nostro onore.

Il 28 ottobre sbarcavano a Civitavecchia i soldati di Napoleone III e il primo reggimento francese si presentò a Roma in piazza Colonna il 30. E in codesto stesso ultimo giorno le truppe italiane varcavano la frontiera pontificia per combattere la rivoluzione occupandone come di solito il terreno conquistato; ma dietro imperioso e perentorio comando da Parigi il nostro meschino governo e vassallo le richiamò immediatamente come un ragazzo sorpreso in marrone e rosso del ricevuto rabbuffo.

Il sire di Francia nella sua orgogliosa e punita prepotenza non voleva in veruna maniera l'unità d'Italia con Roma capitale e il suo pensiero veniva tassativamente scolpito in seguito nel suo discorso del 18 novembre per la riapertura del corpo legislativo: «I rapporti dell'Italia colla Santa Sede interessano l'Europa intiera, e noi abbiamo proposto alle Potenze di regolare questi rapporti in una Conferenza, e di prevenire così nuove complicazioni.»

E Rouher faceva eco e chiosa al padrone collo storico e deriso jamais di Roma all'Italia e colla frase: «La convenzione del 15 settembre è la ricognizione assoluta, implicita, necessaria, reciproca del potere temporale e del regno d'Italia.»

Di ripicco Garibaldi il 31 ottobre da Monterotondo invitava i generali Nicotera e Acerbi a riunirsi al colonnello Pianciani in Tivoli, che dominando Roma e avendo alle spalle le aspre e sicure montagne della Sabina doveva diventare la base e il centro delle nostre operazioni, e risaputo l'intervento francese e dei soldati italiani gridò il 1º novembre in un fiero proclama: «Se però fatti infami, continuazione della vigliacca Convenzione del settembre, spingessero il gesuitismo di una sudicia consorteria a farci mettere giù le armi in obbedienza agli ordini del Due Dicembre, allora ricorderò al mondo che, qui, io solo generale romano con pieni poteri, dal solo governo legale, della repubblica romana, eletto con suffragio universale, ho il diritto di mantenermi armato in questo territorio di mia giurisdizione.»

L'irritazione e l'entusiasmo fra noi nel campo chiuso di Monterotondo erano al colmo e insieme l'allegria non per tutto codesto cessava. Il necessario però ne faceva omai difetto, pane, carne e vino più non v'erano se non in qualche casa ospitale; quando ne capitava il destro si mangiavano dei montoni rosolati sulle baionette, dei quali la Comarca abbonda, si beveva a rinforzo qualche gotto d'acquavite, il colonnello Missori pagò cinque lire un mozzicone di sigaro e nelle pipe si fumava corteccia di viti e persino odoroso e vaporoso assenzio in semini comperati dal farmacista.

Ma per noi fu al sommo disastrosa la diserzione sulle ultime ore di moltissimi camerati, in guisa che mentre in principio eravamo a Monterotondo dalle otto alle nove migliaia di militi, ci trovammo il giorno di Mentana poco meglio di quattro mila. Per esempio, la mia e la compagnia comandata da Achille Bizzoni si componevano ciascuna di circa settanta volontari al pari delle altre della nostra colonna, e a Mentana la più numerosa rimase la mia con quattordici, mentre quella di Bizzoni colle altre si assottigliò a sette ed anco meno.

Alcuni erano stanchi, affamati ed esausti; non a tutti arride la vita senza prospettiva e piena di triboli del ribelle, l'insubordinazione è contagiosa fra i deboli di spirito e le male arti del governo vi soffiavano dentro. Di tal esodo o fuga venne persino incolpato Mazzini com'egli volesse subitanea la proclamazione nell'Agro Romano della repubblica o innanzi tutto la dichiarazione della decadenza della monarchia in Firenze; ma l'accusa è completamente falsa e contraria alla storia di quei tempi.

Venendo a Passo Corese noi avevamo già incontrato parecchi fuggiaschi della Toscana, che a scherno lungo la strada si interrogavano: o dove vai, Ferruccio? E di ciò molti ponno porger testimonianza.

E Mazzini non era già soddisfatto di Garibaldi, che aveva evocato il titolo di generale della repubblica romana? Non sapeva egli, che tra i volontari esisteva un comitato segreto avente incarico di proclamare d'accordo con Garibaldi la repubblica all'ingresso di Roma?

Mentre il nostro duce annunziava al mondo i suoi pieni poteri di generale romano, ai piedi della torre del palazzo Piombino in Monterotondo, a mezzo di una scalinata rustica e tra l'erba bagnata d'un giorno piovoso, discorrevano con mistero Alberto Mario, sottocapo dello stato maggiore di Garibaldi, Agostino Bertani, il maggiore Giuseppe Guerzoni, il colonnello Giuseppe Missori, il giovane principe Piombino in persona e chi scrive, e in quel colloquio veniva designato il valoroso, che primo avrebbe dovuto sventolar la bandiera rossa dopo una vittoria. Il giorno stesso i medesimi e il generale Fabrizi, il colonnello Menotti, i maggiori Canzio e Bellisomi si radunavano all'identico scopo in una sala del palazzo Piombino e Garibaldi assistette alla loro discussione e ai loro progetti.

Non doveva egli Mazzini conoscere simili deliberazioni e concerti? Potevano i garibaldini acclamare colui, che ribelli ne appellava e ci contrastava la marcia su Roma? Certo si è che a Roma, a Firenze e in tutta la penisola il sentimento popolare e lo sdegno nostro ad imprese fortunate avrebbero punito a misura di carbone chi, disponendo delle forze d'Italia, se ne giovava per impedirle l'incoronamento della propria unità.

Un po' di storia a posto non reca danno e certi segreti viene il tempo che occorre svelarli perchè non scendano nel sepolcro con noi.

Del resto la furia di Napoleone e delle nostre truppe di accorrere sui nostri passi per schiacciarci non era dessa sola la prova, che l'epoca della bandiera del 1860 era per noi esaurita e chiusa? Quali furono sempre in seguito sino alla morte le espressioni e i propositi di Garibaldi?

Mazzini poi l'11 febbraio 1870 così scriveva al nostro generale:

«Voi sapete ch'io non credevo nel successo, ed ero convinto esser meglio concentrare tutti i mezzi sopra un forte movimento in Roma, che non irrompere nella provincia; ma una volta l'impresa iniziata, giovai quanto potei.» [Blank Page]

Nomentum.

È codesto l'antico nome latino di Mentana, che corrompendosi e troncandosi si tramutò nell'odierno di quel villaggio adesso celebre in tutto l'orbe.

La posizione di Garibaldi e de' suoi nella rocca di Monterotondo, il vecchio Eretum, era grave assai per non dir meglio disperata. Il governo italiano ci avversava a viso aperto come ribelli e banditi, onde difficilissimo riusciva il procacciarci vettovaglie, indumenti e munizioni; le nostre truppe, in parte smaniose al pari di Bixio in Perugia di venirci in aiuto, dovevano invece rimanersene vane spettatrici del formidabile torneo coll'arma al piede, e data la contingenza, farci magari fuoco addosso; l'arrivo dei francesi era pronostico di guerra eccessivamente sproporzionata per numero e per arnesi di combattimento, i papalini se n'erano ringalluzziti e ne avevano i movimenti più liberi, ed omai la era una follia l'attendere prima d'una nuova nostra strepitosa vittoria la rivoluzione in Roma.

Garibaldi non se ne dava apparente pensiero, e tranquillo come un eroe d'Ossian passava quasi intiera la giornata sul belvedere della robusta torre di palazzo Piombino, dove tacito e con insistenza da metter pena fissava verso Roma la meravigliosa cupola di Michelangelo per torcer poi gli sguardi leonini in giro sul classico Tivoli e sulla plaga ondulata fra il Tevere e l'Aniene.

A lui certo in quegli istanti ricorreva la memoria della famosa ritirata da Roma dopo la difesa leggendaria, quando il 4 luglio del 1849 si era con un pugno di valorosi indomiti e colla sua intrepida Anita accampato qui in Monterotondo ed in Mentana per traversare inarrivabile e fra nemici ad ogni passo i gioghi degli Apennini verso Venezia ancora eroica in armi, e coll'occhio della mente in spasimo avrà visto la sua amazzone brasiliana, compagna di glorie e di rovesci, seppellita nelle sabbie presso la pineta di Ravenna e orribilmente disotterrata dai cani, feroci al pari degli austriaci inseguenti.

Quel grande fidava nella sua perizia e nel suo genio e, non sentendosi per nulla perduto, aveva per molte e serie ragioni tattiche e strategiche, ed anche per sfuggire un conflitto civile colle truppe italiane, divisato di trasferire il suo quartier generale a Tivoli, dove governava il colonnello Pianciani. Costà aveva dato convegno ai generali Nicotera ed Acerbi, troppo immerso quest'ultimo nell'amministrazione di Viterbo, e colla riunione di tutte le sue sparse falangi avrebbe potuto mettere un forte campo, non di leggieri espugnabile, sulla ridente altura di Tivoli, in vista e a poca lontananza della sospirata Roma. Egli faceva frequenti e in persona e con scorta di pochi ufficiali le sue ardite e famose ricognizioni, nelle quali aveva preso lingua che i papalini intendevano uscir di Roma e assalirlo sulla via Nomentana. In Monterotondo stava il nerbo delle sue forze e per tenersi in comunicazione con Tivoli e sorvegliare la strada minacciala, egli aveva disposto il battaglione Ciotti in Mentana e spartiti i volontari del colonnello Paggi a Monticelli, S. Angelo in Cappoccia, Monte Porci e Monte Lupari, mentre provvedeva colle poche centinaia di uomini del duca Lante di Montefeltro contro la possibilità di un assalto alle spalle dalla via Salaria e dalla insanguinata stazione di Monterotondo.

Il dì dei morti passò in rivista parte dei volontari, che malgrado la fame e la spossatezza elettrizzò al combattimento, e diede ordine che il mattino seguente all'alba si partisse per Tivoli. Ma parecchi erano addirittura scalzi o quasi, ed essendo per miracolo arrivate in cittadella varie casse di scarpe, non si riuscì la domenica, 3 novembre, ad impedirne la distribuzione, il che ritardò la partenza, e fu innocente causa della battaglia di Mentana.

Quella famosa domenica del 3 era una vera giornata umida di novembre, il cielo ingombro da una nuvolaglia trasparente, e il sole faceva di quando in quando capolino a mezzo e gettava qualche largo sprazzo di luce verso il pendìo di Tivoli come per rammentare la sua esistenza e invitarci propizio sulla strada da percorrere.

Verso le undici antimeridiane, Garibaldi, ansioso per la partenza, stava ritto in piedi sulla prediletta torre di palazzo Piombino, fiero come un dì al Gianicolo sulla torretta del casino Savorelli presso San Pancrazio, e manovrava il cannocchiale da Roma lungo la via Nomentana e verso Tivoli. Di fianco ne seguivano l'intensa contemplazione il genero Canzio, Adamoli e lo scrivente, persone tutte vive ancora

D'un tratto l'eroe abbassò il binoccolo, e additandoci la via

Nomentana, ci disse colla sua voce sempre franca e impassibile:

—Laggiù sonvi colonne in marcia verso di noi.

Ci passò il binoccolo e poi soggiunse fra sè e sè, e come di frase da non raccogliersi:

—Sono francesi.

Quel forte rimirò cogli occhi lincei il punto indicato, e poscia interrogandoci collo sguardo e muovendosi verso la scala di discesa, disse con calma pensierosa:

—È necessario partir subito.

Una ventina d'anni poi Francesco Cucchi, che allora cospirava in Roma, mi raccontò che egli con un prete recossi il 30 ottobre dopo mezzogiorno a vedere alla stazione ferroviaria l'arrivo dei francesi sbarcati il 28 a Civitavecchia.

—Don Domenico, applaudite, se no ci sospettano subito per liberali—susurrava il congiurato Cucchi al complice sacerdote. E amendue si misero a battere le mani e gridare evviva.

Ma Cucchi poco stante prese un fido pecoraro e gli consegnò per Garibaldi la notizia dell'entrata dei francesi in Roma con un bigliettino ravvolto a guisa di pillola in un pezzo di stagno per tabacco da fiuto, che il mandriano depositava in bocca tra i mascellari e la guancia protetta da folta barba. Alla uscita da una porta di Roma le guardie perquisirono il gagliardo buzzurro, palpandogli persino la faccia, ed egli trangugiò la pallottola col messaggio. Giunto a Monterotondo, narrò il fatto a Garibaldi, che ordinava a Basso la somministrazione di un medicinale; onde la novella dei francesi tornò alla luce e fu dal solo generale risaputa.

Squillarono le trombe pel castello e per le vie, e a mezzogiorno circa gli scarni battaglioni uscirono in silenzio e con ordine di stare all'erta dalla porta attigua al palazzo Piombino per alla volta di Montana, a un due chilometri di lassù.

Il nostro piccolo esercito offriva l'aspetto il più pittoresco.

Noi eravamo quasi tutti vestiti alla borghese, chi ancora d'estate e chi di mezza stagione, questi col pastrano sgualcito, quegli con un mantello sciupato o con una sucida coperta in ispalla, la pluralità in giacchetta, qualcuno pensino in abito a doppio petto od a coda di rondine o penna d'acciaio, altri addirittura in manica di camicia, come per venire al pugilato, o col bianco ammiccante da strappi in tutte le parti, qualcuno in camicia rossa; predominavano gli artistici cappelli molli alla Vandyk, coi gueux compatriotti del quale era sentita la nostra somiglianza, e qua là spiccava qualche tradizionale berretto fiammante tra macchie indescrivibili e sopra la visiera cadente per le scuciture. Fucili ve n'avevano d'ogni provenienza, natura ed età, senza bretella, con una fascetta perduta e magari sprovvisti di cane o grilletto o luminello, scarse o mancanti le cartucce o le capsule, e i volontari, pel maggior numero studenti, professionisti e negozianti, impavidi, a passo cadenzato, recavano sugli omeri catenacci irrugginiti, che senza il beneficio della provvida baionetta non avrebbero servito che da bastoni contro dei manigoldi. Gli ufficiali procedevano davanti o di fianco ai militi, giacchè soldati non ci erano per completa deficienza di soldi, e a loro arma di comando ed offesa brandivano un silvestre randello od un ramo tagliato al bosco, ben pochi possedendo una sciabola, un pugnale, una pistola od una rivoltella. Alcuni ufficiali superiori avevano la fortuna di un cavallo levato ai buzzurri o mandriani della campagna romana, ma colla cavezza o le redini di canape, senza sella o senza staffe.

Oh, la nostra tenuta era magnifica e veramente da parata!

Mentre si camminava, s'udì lo scalpitare di vari cavalli al trotto serrato e tutta la colonna si fermò ritraendosi verso la siepe a destra e facendo fronte per vedere i cavalieri e dar loro il passo.

Era Garibaldi col suo Stato Maggiore e il suo aiutante Canzio in tuba, come davanti il libraio Grondona in via Carlo Felice a Genova.

Scese le scale di palazzo Piombino, zufolando con tristezza una sua vecchia canzone di Montevideo, Garibaldi era uscito ultimo e contro suo costume al galoppo da Monterotondo, e stava in testa alla cavalcata con un bianco ronzinante inscheletrito a guisa di quello dell'Apocalisse, una sella da capraro e le cinghie delle staffe in corda. Al nostro arrestarci mise anch'egli l'ignaro e squallido quadrupede al passo e ne tolse occasione per guardarci tutti in muta rassegna. I militi alzarono i berretti e i cappelli sulla punta delle baionette e lo salutarono col grido: viva il nostro duce! O Roma o morte!

All'epoca di Aspromonte, nell'agosto del 1862, l'imperatrice Eugenia aveva cinicamente risposto: Morte e non Roma.

Arrivato egli alla mia compagnia, ridotta ai molti quattordici uomini, gli feci il saluto militare col bastone a foggia di sciabola, ed egli a saluto di risposta diede improvviso due così energici colpi di sprone al suo invalido Pegaso, che lo fece sbalzar d'un tratto a parecchi metri, e proseguì di volo verso Mentana.

Ricorderò sempre quello sbalzo e chi sa quali pensieri avrà suscitato in quel magnanimo l'aspetto delle nostre tristi condizioni e delle nostre armi?

Mentana, che noi nominiamo con riverenza e con affetto come di un nido dove sono germogliate le più belle speranze della vita, è un paesello di poco più i cinquecento abitanti e siede in una conca inghirlandata da verdi poggi. Scendendo dal prossimo Monterotondo, s'incontra a sinistra una chiesa isolata e poi la strada tira via dritta da mezzogiorno a tramontana e la fiancheggiano in schiera dall'uno ed altro lato le case che costituiscono il nostro villaggio e di cui quel municipio dovrebbe crearci tutti almeno cittadini onorarii. A destra, in fondo al paese, per un erto chiassuolo selciato di montagna si sale al castello degli Orsini, e un po' più innanzi la strada consolare si sbieca a mancina montando alla vigna del Principe o Villa Santucci.

Io e il capitano Enrico Imperatori di Lugano ci eravamo soffermati un breve istante sul limitare d'una lunga cánova per un bicchiere di vino bianco, e nel raggiungere tosto alla corsa le compagnie udimmo qualche non lontano colpo di fucile come d'avvisaglia fra avamposti, e incontrammo pedestre e solo il generale Nicola Fabrizi, tutto vestito a nero come in Parlamento, alta e snella la persona, la testa stupenda di Mosè o dell'apostolo San Paolo, un nero cappello basso o tondo, le scarpe lucide e un cinturino d'argento sopra l'abito, che reggeva la spada dal pomo d'avorio di capo di Stato Maggiore . Interessante e superba figura!

—Generale—Io interpellai—si pare alle schioppettate: dobbiamo far caricare le armi?

—Sì—rispose egli senza scomporsi—e voi altri occupato codesta collina a destra.

Era il tocco dopo mezzogiorno e il maggiore Luigi Stallo si trovò col suo battaglione d'avanguardia impegnato d'improvviso in una vivissima moschetteria cogli zuavi pontifici, mentre tutta la nostra colonna era in marcia. E ciò derivava dal fatto che il colonnello Paggi, per un ordine mal compreso o dato per errore da un subalterno, aveva abbandonato le sue posizioni di guardia e si era ritratto a Palombara lungi dalla Nomentana.

I colli a destra ed a sinistra furono all'atto occupati in catena, Garibaldi accorse in prima linea e la fucilata si fece generale e nutritissima come nello scoppio d'una polveriera e in un incendio di una fabbrica di cartucce. Poco stante rintronarono l'urrà e il grido: Viva l'Italia e Garibaldi della carica alla baionetta, e i papalini venivano cacciati in rotta.

Tra i primi feriti vi fu il capitano Giulio Bolis del battaglione Antongini, colpito mortalmente in pieno petto. Mentre i suoi amici lo trasportavano in Mentana, Garibaldi chiese chi egli fosse. All'annuncio: È il conte Bolis di Lugo—esclamò, battendosi la fronte: Povero Giulio!

Nessuno sospettava la presenza effettiva dei francesi, meno forse Garibaldi, che li aveva intuiti dalla torre di palazzo Piombino e nel grave dubbio li aveva a mezza voce annunciati a sè stesso. L'uniforme non bastava per discernerli, perchè la legione d'Antibo del colonnello Charrette al servizio del papa ne portava l'identica assisa e si poteva credere che Garibaldi avesse scambiati i soldati di quella pei veri francesi sbarcati di fresco a Civitavecchia.

D'un tratto si sospese il grido della corsa alla baionetta, vi fu un istante solenne di silenzio, che venne bruscamente disturbato da una chiassosa e rimbombante moschetteria a noi più vicina, e riprese più vivace di prima l'enorme frastuono della battaglia a colpi di fucile e di cannone.

Erano i francesi che, vedendo profligati i papalini, accorsero coi loro battaglioni nella mischia in primo rango e strabocchevoli rovesciarono da Villa Santucci su di noi la nostra avanguardia di Stallo, che veniva miseramente ferito nelle gambe. La prima compagnia dei carabinieri genovesi, nella quale pugnavano i giovani più eletti ed onore e lustro di Como e Varese, resistè eroicamente alla diruta cascina Guarnieri, cosparse il terreno di morti e vulnerati, meglio che cedere si ridusse a quaranta, a trenta, a venti, finchè gli ultimi undici, accerchiati e soverchiati, trovarono salvezza in una grotta sprofondantesi, dalla quale uscirono dopo sedici ore prigionieri. La confusione divenne terribile, le grida dei feriti erano strazianti, dal campo nemico i colpi di fucile scoppiavano stridenti e incessanti come rulli affrettati di tamburo, le palle fitte come grandine giungevano miagolando e fracassando, dei garibaldini inermi lottavano corpo a corpo coi nemici, ne strappavano le armi, li assalivano a pugni ed a morsi, li rotolavano insieme per la china, come in una zuffa cogli orsi, chi correva, chi fuggiva, chi cadeva, il vociare era assordante dall'una e dall'altra parte, era un certame da disperati, un pandemonio.

Il colonnello Missori, in arcione su di un cavallo moro , che copriva quasi per intiero coll'ampio mantello grigio, e fra quella gazzarra e pioggia micidiale di proiettili, dai quali venne trafitto il collo della sua bestia, ritiravasi altiero e indifferente come in una lizza insieme alla colonna, che si ripiegava su Montana. Nell'atto che Missori ebbe ferito il cavallo nel collo, e proprio nel momento del primo attacco generale della linea nemica, esclamò:

—Come si battono bene i nostri volontari!

E ritirandosi impartì l'ordine ad Enea Crivelli, che il battaglione Torri-Tarelli occupasse Mentana, dove già sorgeva una barricata a difesa.

In piedi su di essa il tremendo Carlo Nicotera agitava un gran sciabolone ad incoraggiamento o strepitava e gesticolava come un ossesso. Il capitano professor Papiri di Fermo caricava e scaricava il suo schioppetto da caccia, come ad una partita importante di bersaglio.

Veruno poteva comprendere qual maniera di fucili ci si sparasse contro e nessuno era in grado di sapere che i chassepots fabbricati a Brescia compievano per la prima volta le loro meraviglie su di noi.

Ciò malgrado, dalla barricata, dalle finestre delle case, dall'alto del castello, dal poggio posteriore si teneva vivo il fuoco e i francesi non poterono o non osarono precipitarsi dalla prominenza di Villa Santucci lungo la via Nomentana fin giù all'imboccatura asserragliata del villaggio.

Ma tal grossolana mancanza di tattica o di coraggio negli alleati dell'altare e del trono è forse spiegabile nel fatto che essi convergevano gli intenti e gli sforzi verso la nostra sinistra per scassinarla e tagliarci la strada e la ritirata di Monterotondo, fidando anche negli aiuti che loro avrebbero dovuto pervenire dalla via Salaria per percuoterci alle terga.

E là, alla sinistra sul campo dei pagliai, eseguirono prodigi di bravura Garibaldi e tutti i migliori ufficiali. Bezzi dovette a viva forza trattenere il venerando Fabrizi, che senza riguardi slanciavasi nella mischia, e Canzio, spiritoso anche nel pericolo e con una delle sue mosse caratteristiche, cacciò in testa a Garibaldi il suo cappello a cilindro per deviare il nemico, che riconosciutolo alla breve distanza, lo aveva preso di mira; ma i morti e i feriti ingombravano il terreno, i pagliai venivano perduti, il valore personale mal reggeva all'urto immane dell'onda avversaria e fu d'uopo cederle il campo fin presso la chiesa e le prime case di Mentana.

La battaglia poteva esser finita; Garibaldi col centro, la sinistra e la riserva, costretto a rifugiarsi verso Monterotondo; Mentana e la destra accerchiate e rese prigioniere, se non trafitte a fil di spada od a punta di baionetta.

Ma Garibaldi non è un eroe da burla, e non si spaventa per numero d'uomini di fronte. Egli vola agli unici nostri due cannoni già magnificamente manovrati dal povero Luigi Fontana, reduce dalla guerra degli schiavi in America bizzarramente cantata da Walt Whiteman, li pianta in faccia agli infurianti nemici, tra il plauso risuonante per le colline li combatte egli solo con quelle bocche da mitraglia; gli avversari oscillano, si sparpagliano, arrestano la marcia; la prodezza di un uomo li scombussola e conquide, e un lampo di genio rinfresca la battaglia e può mutarne le sorti. Garibaldi abbandona i cannoni al Fontana, comanda una impetuosa carica alla baionetta, le trombe squillano acute come se esalassero un formidabile grido di maledizione e di sangue, ufficiali e militi si cacciano a corpo perduto contro gli sgherri della tirannide, che a loro volta non resistono all'irrefrenabile cozzo, vengon respinti dai pagliai e travolti fuggendo e invocando pietà fin su alla storica Villa Santucci.

Vi fu un imponente riposo e come una tregua di Dio, quasi tutti fossero sbigottiti di quanto accadeva in quel remoto angolo della terra, e come se il Fato antico fosse in dubbio di farla finita in quel giorno collo scandalo della prepotenza sacerdotale. L'accanimento era giunto al parossismo, e quello fu il punto culminante della battaglia.

Ma il papa e Napoleone III avevano uomini ed uomini da vomitarci contro, alle colonne sbaragliate dei nemici ne succedevano di nuove a fiotti e a torrenti, la moschetteria ripigliò stridula e tempestosa per tutto il campo e in tutte le linee, vittoria e sconfitta con varie e rapide vicende si alternavano, finchè alle cinque, sull'imbrunire, la nostra sinistra fu dal numero soverchiante e irruente sfondata per l'ultima volta, gli alleati ripresero i pagliai, e Garibaldi, per non venir circuito, dovette retrocedere su Monterotondo. Quivi egli, salito sulla sua torre di palazzo Piombino da poche ore e prima di sì tragici eventi abbandonata, meditava ulteriore resistenza, e già ne aveva impartite le disposizioni; ma consigliato da Fabrizi a nome degli intimi a ritirarsi, e non sapendo che Mentana era ancora salva e difesa da un sei o settecento di noi in castello e in borgo, diede a notte ordine di ritorno a Passo Corese, ed egli, solitario davanti e chiuso nel suo affanno, che gli fece increscere la vita incolume, guidava a cavallo la dolorosa retromarcia.

Il governo italiano, che non merita nome od ingiuria, impotente persino a comprendere la grandezza d'animo e a sentire i battiti del cuore d'un patriotta, lo fece banalmente arrestare a Figline e tradurre in quel suo cordoglio al bagno del Varignano, dal teatro della gloria alla galera, che per la seconda volta veniva da Garibaldi dopo Aspromonte santificata al pari della croce dei ladroni da Cristo.

Ma il vinto non era Garibaldi, che dal golfo di Spezia invitava gli italiani a rivolgere il pensiero a Roma e non a lui, bensì il papa: Mentana aveva chiazzato di sangue il volto, le mani e il pastorale del faceto Pio IX, e cielo e terra abborrivano dal consumato assassinio.

Al mondo ripugnava il rinnovato abbraccio di Clemente VII e Carlo V, e non parve nè eroico nè prodigioso che quasi dodicimila tra cesarei e papalini, con cavalleria, treni d'artiglieria e fucili a dodici colpi il minuto si lasciassero sconfiggere da quattromila scamiciati senza armi, e solo dopo ripetute prove li debellassero, senza avere il fegato di inseguirli e di entrare in Mentana, centro della battaglia. Se il generale Orsini, succeduto a Nicotera, fosse salito da Frosinone e Velletri, se Acerbi fosse sceso dalla eterna Viterbo, e se i colonnelli Paggi e Pianciani fossero calati giù al tuono del cannone da Palombara e Tivoli, serrando alle spalle e ai fianchi i protettori del Vaticano, il generale Failly avrebbe egli potuto decantare le meraviglie dei chassepots?

Allora i sicari in cocolla e tonsura non sarebbero usciti dalle tenebre nè comparsi come corvi sui cadaveri dopo la battaglia per sfogarvi le loro atrocità.

Un frate, giunto al campo dopo la mischia con una gran croce in mano, gustava il feroce delitto di percuotere con quel sacro istrumento di redenzione il corpo dei feriti, che fra gli strazi giacevano al suolo. La selvaggia opera di quel ribaldo non ebbe fine se non quando alcuni soldati francesi, scorgendo lo scempio orribile che il forsennato compieva, si scagliarono contro quella belva e la cacciarono pieni di umano sdegno e di scandalo.

I papalini arrivati dopo il combattimento infilzavano colla baionetta i cadaveri de' nostri e poi entravano in Roma insanguinati, gloriandosi di aver scannati dei garibaldini.

In una palazzina rossa di Mentana, dove erano ricoverati molti nostri feriti, entrarono dalla parte del monte gli zuavi del papa e loro ingiunsero di raccomandarsi a Dio perchè per essi la era finita. Poi colle baionette massacrarono quanti c'erano, meno pochi che sfuggirono all'eccidio saltando dalla finestra sulla strada.

Ecco quanto scrivevo di ritorno in Milano l'8 novembre 1867 nella mia relazione sulla Unità Italiana:

«Nè sleali, nè vigliacchi fummo noi, e noi non abbiamo, al par dei

Galli, spogliati od uccisi i feriti.

«Due soldati francesi stavano svaligiando un povero ferito garibaldino. L'uno lo sorreggeva in piedi, e l'altro lo svestiva e derubava. In quel mentre apparve il prode maggiore Tanara alla testa di parecchi volontari, ed i malandrini, non sì tosto lo videro, piantarono nel ventre al ferito la baionetta e si diedero alla fuga. Uno di essi però pagò la sua infamia, e fu ucciso.»

Al contatto dei soldati del papa e di chiercuti senza cuore e senza vergogna, anco la cortesia gallica si tramutava in nefande imprese da masnadieri!

La democrazia italiana invece, oltre quello olimpico di Garibaldi, in Mentana rammenterà sempre con orgoglio i nomi di Fabrizi, Alberto Mario, Menotti, Canzio, Valzania, Missori, Antongini, Salomone, Burlando, Stallo, Bezzi, Guerzoni, Tanara, Cella, Razeto, Mayer coi suoi ferrei livornesi, e ad uno ad uno di tutti i suoi romanzeschi paladini, che vi soccombettero ravvolgendosi al pari di Ferruccio nel vessillo italiano o vi tennero alta e ne riportarono la bandiera senza macchia o viltà.

E fra questi ultimi va pure con cento altri rimembrato l'allora diciottenne Emilio De-Albertis, il figlio dell'eminente patriotta e pittore di battaglie Sebastiano, che soldato l'anno prima in cavalleria Aosta a Custoza ed ora sergente nella colonna Missori, nella ritirata, col compagno scultore Riccardo Ripamonti, da Mentana a Monterotondo, giovine qual era, subì una lacerazione al polmone che dopo qualche anno lo tradusse al sepolcro.

L'indomani della battaglia il nostro tromba Tito Bianchi di Lecco vide a sinistra dello stradale in salita fra Mentana e Villa Santucci e dentro il cavo d'una antichissima e grossa pianta smidollata un giovane garibaldino ucciso.

Egli mostrava i segni della morte violenta, aveva i muscoli rattratti ed era stecchito dal gelo della notte.

Ma il biondo guerriero dentro la nicchia dell'albero reggevasi ancora in piedi spaventoso come lo spettro del rimorso, aveva gli occhi sbarrati e diacci come acciaio di pugnale e immoto li figgeva tuttavia a minaccia e vendetta contro l'accampamento dei suoi massacratori.

Quel giovine che combatteva morto e la vecchia scorza del tronco fulminato e cariato, dentro il quale era ferito, rappresentavano la tragedia di Mentana.

La nuova Italia aveva soccombuto, ma la sconfitta non ne fiaccava l'energia della giovinezza: al carcame del papato temporale non restava che il cadere in frantumi ed in polvere.

Gli splendidi eroismi dei Cairoli a Villa Glori, di Raffaele De Benedetto a Monte San Giovanni, di Giuditta Arquati in Trastevere e dei martiri di Mentana non potevano restar a lungo invendicati e aspettano il loro poeta del trionfo.

I rimasti e il dito di Dio.

In Mentana dal castello, dalle case elevate a due e tre piani, dalle barricate, dai muricciuoli si continuarono le archibugiate fino a sera tarda. Noi facendo fuoco e tra il clangore delle trombe e le grida dei difensori, quantunque in realtà si fossero uditi acuti e quasi lamentosi gli squilli della assemblea generale e della ritirata, credevamo che tutto il nostro minuscolo esercito fosse racchiuso od in giro al villaggio e non ci eravamo accorti che Garibaldi col grosso delle truppe avesse dovuto indietreggiare su Monterotondo. E ciò riuscì provvidenziale, perchè la nostra presenza in paese trasse in inganno il nemico e preservò certo da novella strage e forse da prigionia il generale ed i battaglioni riparatisi in quella rocca.

Al calar della notte rimbombarono isolati gli ultimi ed infrequenti colpi dei nostri catenacci, gli alleati da parecchio tempo più non rispondevano e pel maestoso anfiteatro di colline nascosto dalle tenebre e intorno a Mentana si formò il silenzio funebre, che sussegue la ferocia della battaglia. Ci pareva strano di non sapere di Garibaldi, che portava sempre moto anche nell'oscurità, e di non vedere verun ufficiale superiore, che visitasse i combattenti o recasse ordini. Si fece il giro per l'unica strada del villaggio, se ne esplorarono le adiacenze e si comprese che eravamo rimasti soli e che un grave compito ci spettava pel mattino, finchè la nostra posizione non fosse schiarita. Entrati per le case tutte aperte, vi trovammo i volontari, che giocondi e ciarlieri per una supposta vittoria, si riscaldavano senza noia alcuna in cerchio a gallorianti fiamme dei focolari delle cucine preparandosi ad un secondo cimento, o stanchi si erano coricati lungo i pavimenti, su qualche manata di fieno o di paglia o su pei letti dei proprietari e delle proprietarie, che pigliavano parte alla festa notturna come se all'indomani dovessimo marciare su Roma.

Nella casa a mezzo il paese del sindaco successe un episodio ricordevole. In una camera a primo piano sgombra di tutto, e nella quale stavano sdraiati a terra vari garibaldini in dormiveglia alla penombra d'una lucernetta, egli aveva un tavolo liscio di bianca pecchia, che pare gli dovesse servire di scrigno. Il sindaco, ottima persona, aveva accordato la più cordiale ospitalità, nella quale oltre la legna pel camino acceso a baldoria ci scappava qualche regalo d'un fiasco di vino. Venuto malgrado la sua buona voglia in qualche sospetto o per tôrsene anche l'idea, bighellonando così come si usa, s'accostò al suo tavolo, ne tirò per la chiave il cassetto e guardovvi dentro. Oh meraviglia! lasciò dischiuso il tiretto e venne affannato a dirmi che trovava scomparsi parecchi scudi d'argento. Ne corse subito la voce per le stanze, i garibaldini si levarono tutti in un attimo come per offesa all'intiero corpo e in un batter d'occhio fu scoperto il colpevole, che lì sui due piedi si beccò una gragnuola di pugni e schiaffi, tra il suon dei quali fu costretto estrarre il denaro involato e fu destinato alla fucilazione da eseguirsi dopo la nuova battaglia. Gli scudi furono tosto restituiti al padrone, che rimase sorpreso dello slancio d'onestà di quei giovani, ben pochi dei quali avevano un soldo in tasca. Biricchini ve n'hanno ovunque, ma questo incidente attesta qual senso morale dominava fra i nostri valorosi.

Intanto gli alleati non avevano potuto penetrare in Mentana e quella notte abbastanza fredda dovettero dormire alla serena e quantunque vincitori farci umilmente anticamera.

Noi avevamo stabilito un Comitato di difesa, ma all'alba scorgemmo le colline e le strade intorno letteralmente invase da larghi sciami di nemici e cosparse di calzoni rossi, Garibaldi non si vedeva comparire nè se n'udiva verun moto, onde ritenendo impossibile qualunque resistenza si decise l'invio di parlamentari per trattare la capitolazione ai patti più onorifici. Alzata dal castello la bandiera bianca, continuò la sospensione d'armi ed i parlamentari capitano Papiri e tenente Cavo si erano già recati al quartier generale avversario, il giorno già chiaro e lucido, quando d'improvviso e di straforo s'avanzò dalla parte della chiesa una sezione del 59° reggimento di fanteria francese. In testa marciava il suo colonnello e solo gli corsi incontro a rimproverargli la violata tregua e invitarlo a ritirarsi al suo posto. Ravvisandogli sul petto la medaglia commemorativa della guerra di Lombardia nel 1859, meravigliai che egli portasse ancora quel simbolo d'amicizia con noi e con qualche frase insolente gli dissi che i difensori del papa dovevano portare la sottana e non i nostri ricordi. Quell'ufficiale, che forse era un prode ed un gentiluomo, si fece rosso in viso per le verità slanciategli come saette a bruciapelo, non rispose verbo alle contumelie ed essendosi fermato in asso coi suoi soldati si limitò a dire che secondo i patti conchiusi coi parlamentari, non per anco tornati, egli aveva avuto ordine di render prigionieri tutti i garibaldini occupanti le case. E malgrado le proteste s'avanzò nella via del villaggio.

La convenzione invece stipulata dai parlamentari era la nostra resa colla piena libertà di tutti senza distinzione fra castello o case.

I volontari dalle finestre avevano assistito al colloquio e tirato alcune fucilate, ma quando si riseppero prigionieri, per non cedere intatte le meschine ma gloriose armi, come per un comando elettrico spezzarono i fucili sui davanzali e con accenti d'imprecazione li gettarono scavezzati giù in mezzo alla strada. E poi vi scesero anch'essi e il reggimento fedifrago si convertì in una perfetta siepe rettangolare di sbirri a baionetta in canna per tradurli captivi a Roma.

Anch'io era del numero, ma arrestatasi la comitiva presso la rampa del castello e accortomi di qualche oscillazione per nuovi diverbi sui patti della resa, inutilmente avvertii di seguirmi il fratello Francesco e alcuni miei compatriotti di Lecco e, declinando il mio grado, presi per le spalle e scostai due buoni fantaccini galli, loro ordinando di lasciarmi il varco, ed essi sbalorditi e ignari aprirono le file e mi trovai libero fuori del maledetto cordone. Avevo prima visto il colonnello medico Bertani intento ai feriti nell'oratorio di Sant'Anna verso la metà del paese e mi ricoverai da lui che, scaltrito dell'affare, mi assunse provvisoriamente qual membro dell'ambulanza finchè i carcerieri non si fossero allontanati.

Andava morendo in distanza il rumore dei passi della triste comitiva, gli abitanti stavano accovacciati per le case, e la strada di Mentana per tutta la sua lunghezza taceva come un sepolcro.

Salutai Bertani, che tetramente soffriva della patria sciagura rintuzzando persino le frasi roventi della sua impetuosa bile, uscii dall'oratorio tramutato in suo ospedale e m'avviai solingo al castello. Quivi Papiri, Sgarallino, Nicotera, Torri-Tarelli Carlo ed altri ufficiali gridavano per la tradita capitolazione e i francesi collocarono subito dopo un picchetto di guardia al portone d'ingresso e una compagnia in rango e ad armi pronte nel cortile. Eravamo tutti prigionieri e contro la forza soverchiante non giovava la parola.

Capitò poscia in castello, furibondo e sbraciando come un'anima dannata, il maggiore Fauchion, capo di stato maggiore del generale Polhès, che rinserrò quattordici o quindici ufficiali garibaldini nella oblunga stanzuccia da letto a tramontana della custode, con intimazione di depor tosto sul tavolo alla parete tutte le armi, di cui fossimo in possesso, sotto pena in caso di rifiuto d'immediata fucilazione. Chiuse l'uscio a chiave, che ritirò egli stesso, e se ne partì.

Dopo un quarto d'ora il maggiore rosso in volto come bragia ed esalando saracchi fu di ritorno, guardò sul tavolo e vi numerò solo quattro o cinque tra pistole e rivoltelle.

—Signori ufficiali—garrì egli in francese spalancando l'uscio e additandoci un pelottone di fanteria postovi in due file a quattro passi nella corte.—Qui non vi sono tutte le vostre armi: se fra dieci minuti non le son tutte consegnate, i renitenti saranno fucilati.

Richiuse l'uscio e se n'andò.

Il fratello del generale Nicotera stava ritto in piedi tra la comodina e il letto della guardiana del castello e aveva arrotolato il suo sciabolone nel ferraiuolo. Fremendo lo slegò e depose con ribrezzo la grande lama sul tavolo.

Dopo un venti minuti riapparizione del maggiore più calmo, nuovo conteggio e ripetuta minaccia, ma senza la fibra bestemmiatrice di prima.

Io e il tenente Costantino Tamanti delle Marche, uno dei settanta di Cairoli e chiamato in celia per la sua ampia barba argentea e le strane avventure il Mago Sabino, stavamo seduti su due sacchi di ceci nel vano dell'unica finestra in fondo della camera e rimpetto all'uscio ed eravamo gli ultimi restii possessori di due rivoltelle, che ad ogni arrivo e minaccia del maggiore cercavamo di meglio nascondere fra' panni.

—Tu la consegni?—mi chiese Tamanti.

—Io no, e tu, Mago?

—Neppur io.

E attendevamo in silenzio la nostra sorte.

Per fortuna e non si sa per qual cagione Fauchion più non riapparve e invece un sergente del pelottone, nostra spada di Damocle, venne ad aprire e a dirci che tutti gli ufficiali erano liberi di uscir dal castello e scendere in borgo.

Non ce lo facemmo replicare, uscimmo dalla cella, si avvertirono della cosa molti volontari, che nel cortile ci si accalcarono incontro, e con noi se la svignarono parecchi di essi annunciandosi alle sentinelle di guardia per altrettanti ufficiali, giacchè nessuno recava distintivi.

In quel mentre entravano a scombutta in Mentana le truppe francesi e papaline, la pareva una orda selvaggia e sitibonda, i dragoni pontifici sfacciatamente si mescolavano all'artiglieria francese, la fanteria francese era regolarmente in colonna e i fantaccini del papa le si cacciavano di mezzo come tanti monelli, cavalli e cannoni andavano a badalucco e il tutto specialmente per parte dei soldati papali aveva l'aria di una fiera di ubbriachi.

Un cardinale, alto e tarchiato come un colosso, in veste talare e calze pavonazze, a capo scoperto, agitando colla sinistra la calotta e alzando fra la turba l'indice della destra, lungo e grosso come un palo, sgonnellava tra quei forsennati e strillava a pieni polmoni come un banditore del mercato:

—È il dito di Dio! è il dito di Dio!

E così vociando il cardinale scorreva come un pazzo tra i gruppi dei soldati, che non gli davano retta.

Qual fonte di epigrammi per Marziale e di riflessioni per Seneca, che nell'antica Nomentum ebbero dimora, se in quel punto avessero potuto rizzare il capo attonito dagli avelli!

La era una scena da piangere e rintontito io stava presso una porta a contemplarla. Per caso passommi accanto il terribile maggiore Fauchion, che tirava moccoli contro i papalini e i preti disturbatori dell'ordine militare, e riconosciutomi per avermi visto in castello e additandomi i nostri fucili infranti lungo la strada mi apostrofò con aria di meraviglia e simpatia:

—O come! voi fate la guerra con coteste armi?

Quindi soggiunse impensierito:

—Io non credeva che voi sapeste battervi così da bravi. I garibaldini ieri hanno combattuto eroicamente.

Mentre in tal guisa quel generoso favellava, venivano dei cannoni, e a briglia sciolta giunse loro innanzi e sbandato un semplice dragone pontificio.

Il maggiore si staccò d'improvviso da me, sguainò la sciabola e ratto come fulmine avventossi contro il mal arrivato dragone, che fu per cadere da cavallo per lo spavento.

—En arrière, cochons, traînards! en arrière, lâches, soldats du pape!

Testuali sono le invettive e difficile è il supporre lo scompiglio che produssero.

Era un maggiore, capo dello stato maggiore del generale Polhès, che le pronunciava, e il dragone mortificato come un gesuita colto in fallo e tra le risa a scherno degli artiglieri francesi tornò indietro al suo corpo.

Lo stesso cardinale dal dito di Dio si rivolse alle formidabili ingiurie, capì che il maggiore irritato non canzonava, mise la papalina in testa, abbassò dopo un istante di esitanza il famoso ditaccio, e si fermò ragionevolmente ad ammirare la sfilata delle truppe francesi, che ora procedeva a dovere.

E storia genuina è tutta questa, e il maggiore Fauchion, se ancora vive, può attestarla.

Quell'uomo geniale e fosforescente, dopo il suo magnifico colpo di testa, riponendo la sciabola nel fodero, ritornò a me, e volle a tutti i costi che entrassi con lui a bevere un bicchiere nella cànova visitata da me e dal capitano Imperatori il giorno innanzi, a pochi minuti dalla battaglia.

L'oste spillò due bicchieri dalla botte, il maggiore mi offrì galantemente il primo e col secondo in mano m'invitò a brindare.

—Maggiore, gli dissi io, io accetto di bevere insieme, ma non posso toccare il bicchiere con un soldato di Napoleone III, difensore del papa.

Il maggiore con mia sorpresa mi guardò in faccia con compiacenza e dopo un minuto secondo, levando il bicchiere, esclamò con tutta serietà:

—Sacrè tonnerre, voi avete ragione; ebbene, viva la repubblica! ora toccate?

Incredibile il chiasso e il diavoleto dei papalini in Mentana come se ad essi spettasse l'onore tutto della battaglia vinta.

Essi gridavano, ingiuriavano, acclamavano urlando a Pio nono e per la massima parte ubbriachi di vino o di paura intuonavano canti osceni e di dileggio, camminando a biscia come gente, che dopo esser fuggita sentiva di essere scampata da un grande pericolo.

Colle gradassate volevano vendicarsi dell'aver ripetutamente mostrato le suole delle scarpe ai garibaldini, e gli è proprio vero che il vile fa sempre maggior baccano dell'eroe, modesto perchè consapevole delle difficoltà superate.

Ai francesi dava ai nervi tal condotta dei pontificii e da loro non partiva un solo evviva a Napoleone.

Quei soldati erano silenziosi, e come stupiti del contatto con gente briaca e ingenerosa si guardavano attorno senza parola e pareva vergognassero di una nefanda azione.

Noi eravamo digiuni da due giorni, osservavamo col cuore gonfio di malinconia la ridda, che ci si ballava in giro, pensavamo alla battaglia di ieri, al disinganno scaturitone, ai castelli rovesciati, a Garibaldi e ai ritiratisi, all'Italia e ai parenti, e non ci accorgevamo neppure che la fame ci rodeva le viscere.

Verso le tre pomeridiane di quel giorno, lunedì 4 novembre, il maggiore Fauchion per preservarci dalle brutalità dei papalini combinò che noi saremmo condotti a Passo Corese sotto la scorta di una compagnia francese. Questa con baionette in canna ci rinchiuse nel suo quadrato e fissando per l'ultima volta Mentana e i suoi memori poggi principiammo la dolorosa marcia.

Tutti procedevamo a piedi eccetto il maggiore Sgarallino, Bertani serio e pallido colla sua faccia a taglio di spada ricordante l'energica di Saint Just andava di fianco al capitano Fougerousse comandante la compagnia di sorveglianza, pel silenzio glaciale e pei passi misurati la intiera comitiva sembrava la confraternita della misericordia, e solo il livornese Sgarallino taciturno a cavallo nel mezzo di essa, colla barba e i capelli arruffati che si confondevano coi peli del berretto di lontra, col ruvido tabarro che gli copriva col ronzino tutta la persona, arieggiava il Ghino di Tacco ideato dal suo fantastico concittadino Guerrazzi.

Giunti prima di sera al piè di Monterotondo, mentre contemplavamo ad estremo vale la famosa torre del palazzo Piombino, vedemmo uscire dalla porta sottostante ilare, paffuto e rubicondo un grasso e piccolo pretaccio, che stringeva a braccetto all'uno e all'altro fianco due vaghissime ragazze, rosse e fresche come mele poppine appena colte, e ridendo con esse sgangheratamente e gongolando di gioia scendeva la rampa verso la nostra triste colonna.

I garibaldini a quella vista non poterono trattenere un urlo d'imprecazione e di motteggio e i francesi, capi scarichi anch'essi e nemici del prolungato corruccio, malgrado la disciplina dovettero parteciparvi.

Una folla di contadini guidati da preti ci rispose con ogni sorta di minaccie e di insulti, e un conte Ramarini facendosi largo coi gomiti s'avvicinò a Bertani, che camminava in testa della colonna con Fougerousse, e gli sputò in viso. La destra del severo capitano francese corse rapida come lampo sull'elsa della spada e il codardo giudeo guizzò veloce fra la moltitudine e scomparve.

Pochi giorni dopo la breccia di Porta Pia, in settembre del 1870, Bertani incaricò il commilitone Domenico Narratone, testimonio della schifosa scena, d'irne a Monterotondo a portare, in compagnia di Raffaele Giovagnoli, un suo cartello di sfida all'autore dell'indegno atto di tre anni innanzi. Ma Giovagnoli, nativo di Monterotondo e ben conoscendo il Ramarini, scrisse a Narratone consigliando Bertani a desistere dal suo proposito e assicurandolo che il conte papalino, decorato da Pio nono della croce di cavaliere di non si sa qual ordine, non avrebbe accettato la sfida. Bertani capì il latino, e intento a cose ben più gravi non s'atteggiò indarno a capitan Fracassa e lasciò finir lì il negozio nello sprezzo dovuto.

Da quel punto diminuì la burbera ed ostile distanza tra noi ed i nostri condottieri; il capitano Fougerousse, uomo dall'aspetto molto serio, aprì cordiale conversazione con Bertani palesandogli la sua ammirazione per noi e sensi liberi, come il medico nostro scrisse poscia in una nota sua lettera, e il maggiore Sgarallino senza rimarco del capitano francese ordinava egli medesimo da cavallo i riposi a noi stanchissimi e i movimenti di marcia.

La vita è una continua antitesi dalla nascita all'avello, dalle nozze al divorzio, dalle danze ai funerali!

Spossati, affranti di dolore, insonnia e fame, arrivammo a notte inoltrata a Passo Corese, dove i nostri granatieri del settimo reggimento ci accolsero colle maggiori dimostrazioni di simpatia e ci ristorarono con quanto era in loro possesso da buoni e leali soldati.

Si partì subito in ferrovia per Terni, dove incontrammo parecchi dei fuggitivi prima della battaglia quasi avessero il rimorso di far ritorno alle loro case, e di là a Firenze, dove spargemmo la notizia non conosciuta delle truppe napoleoniche alla battaglia di Mentana e in prova consegnai all'Oliva Antonio, direttore del giornale La Riforma, una palla dei loro fucili Chassepots raccattata sul campo.

Così era finita la campagna dell'Agro romano, che quantunque durata brevi giorni fu tra le più commoventi e disastrose.

Gli sgherri papalini ed i preti avevano coperto di ingiurie i nostri prigionieri tradotti a Roma nelle stalle di castel Sant'Angelo e poi a Civitavecchia, sputato loro in volto e loro strappate ciocche di barba e di capelli; ma Mentana, la gloriosa patria di

Crescenzio, era stato il Mane, Tekel, Phares del Nabuccodonosorre sacerdotale e là in quello storico villaggio, dove il 23 novembre 800 Carlo Magno col desinare largiva a Leone III il dominio di Roma e della Comarca, dieci secoli e mezzo dopo e nello stesso mese, il 3 novembre 1867, Napoleone III, salito col tradimento e le stragi tiranno di Francia, invano sorreggeva con nuovo nefasto eccidio il potere temporale dei papi, che quivi veniva dalla coscienza italiana condannato a morte.

Vero è bene che la breccia di Porta Pia si spalancò, con scarsa dignità, quando il sovrano gallico ignobilmente aveva ordinato stando a letto la capitolazione di Sédan e ceduta poi la spada dell'impero al vecchio Guglielmo di Prussia invece di bruciarsi le cervella piuttosto che rendersi come Teodoro re d'Abissinia sconfitto dagli inglesi, o per lo meno di uccidersi al pari dello scorpione ricinto dalla bragia: ma gli italiani moralmente erano entrati in Roma colla sconfitta di Mentana, il cui solo nome era per essi divenuto segnacolo di rivincita e di trionfo.